W0406487

Comment défier le destin

Yoshio Akira

Chapitre 1

Yoshio Akira

TU PARS DÉJÀ ?
OUI.
JE DOIS ALLER TRAVAILLER.
À CETTE HEURE ?
TU TRAVAILLES DE NUIT ?
NON... C'EST UN SECRET.
DIS...
ON POURRA SE REVOIR ?
JE CROIS QUE JE T'AIME BIEN.

MERCI, MAIS...
ON PEUT PAS.
POURQUOI ?
JE SUPPOSE QUE C'EST PARCE QUE JE NE SUIS PAS LA PERSONNE QUI T'ES DESTINÉE... ?
FUFU
DIS COMME ÇA, C'EST MIGNON...
TU ES DU GENRE À CROIRE AU DESTIN, TOI ?
PEUT-ÊTRE...

はあ…
PFF
HARA ?
EUH, OUI...
ひらひら
COUCOU
BONSOIR, JE SUIS KAMISAWA !

MERCI D'AVOIR COMMANDÉ MES SERVICES !
.....
KAMISAMA* ?
PFFT
HAHA !
AHAHA, NON, NON !
C'EST « SAWA », KAMISAWA !
IL PLANE, CE TYPE...
J'ai un halo sur la tête, ou quoi ?
OH !
OUI, B... BIEN SÛR.
SALUE
EXCUSEZ-MOI. ENCHANTÉ !
PFF
IL EST DU GENRE DIRECT !
OÙ EST-CE QU'ON VA ?
DANS CE CAFÉ ?
D'ACCORD.

*« Dieu »

AAGH !
WH...
WAAH...
ヨロッ
TRÉBUCHE
BAM
ÇA VA ?
FAITES...
ATTENTION À LA MARCHE...
TOUT ROUGE
PFFT !
MAIS OUI !

CLAC
CLAC
JE VOUS EN PRIE.
OH, MERCI !
ET GENTLEMAN...
Vous êtes sûr qu'un café vous convient ?
Il a des manières toutes douces...
Il se tient bien et il a du style...
Il a l'air parfait, mais pas non plus dépourvu de défauts plutôt attendrissants...
JE VOIS PAS TROP EN QUOI IL POURRAIT AVOIR BESOIN DE MOI...
MAIS BON, IL Y A DES FEMMES QUI NE SE RENDENT COMPTE DE RIEN, APRÈS TOUT...
Beau visage... Jolie voix... Bien fait...
?

ALORS...
SI VOUS M'EXPLIQUIEZ UN PEU VOTRE SITUATION ?
VOUS AVEZ PARLÉ D'UNE PERSONNE QUI VOUS STALKAIT, JE CROIS ?
OUI...
C'EST LA FILLE DE MON PATRON, AUSSI JE PRÉFÉRERAIS QUE CE SOIT RÉGLÉ AVEC DISCRÉTION...
ELLE PERSISTE, QUOI QUE JE DISE OU FASSE.
À UN POINT OÙ ÇA M'ÉPUISE PSYCHOLOGI-QUEMENT.
JE NE SAVAIS PLUS QUOI FAIRE, ET C'EST EN CHERCHANT DES SOLUTIONS SUR INTERNET QUE J'AI TROUVÉ VOTRE SITE.
MAIS...
JE NE CROIS PAS VRAIMENT AU DESTIN, D'HABITUDE.
C'EST MON DERNIER ESPOIR.

Il a de belles mains.
Même ses ongles sont parfaits...
avec une jolie forme.
ALORS...
C'EST VRAI ?
VOUS POUVEZ COUPER LES LIENS QUI RELIENT LES GENS ?
OH, OUI !
DISONS QUE...
LES GENS SONT LIÉS ENTRE EUX PAR QUELQUE CHOSE QUI RESSEMBLE À UN FIL.
PARFOIS EN BIEN, PARFOIS EN MAL.

UN FIL...
OUI.
MOI...
JE LES VOIS, ET JE PEUX LES COUPER.
COUPER LE FIL REVIENT À COUPER LE LIEN, CE QUI SIGNIFIE QUE VOUS NE REVERREZ PLUS JAMAIS CETTE FEMME.
HONNÊTEMENT...
J'AI DU MAL À VOUS CROIRE, MALGRÉ TOUT...
AHAHA !
BAH, VOUS POUVEZ PAS LE VOIR, APRÈS TOUT !
On me dit souvent ça !
EXCUSEZ-MOI...
C'EST RIEN, C'EST RIEN !
VOUS POUVEZ ME PAYER PLUS TARD.
ON PEUT FAIRE ÇA TOUT DE SUITE, OK ?
TOUT DE SUITE, EUH...

ELLE EST ICI, C'EST ÇA ?
OUI...
PRÈS DE LA FENÊTRE...
TOUT EN NOIR.
OH, JE VOIS.
TAP
DÉPLACEZ-VOUS AU FOND DE LA BANQUETTE.
HUM ?
EUH, D'ACCORD...
ET NE BOUGEZ PAS.
....?

FIXE
!
EUH...
OUI... ?
DOM

BRR
FFF
QU...
KAMISAWA, VOUS... ?!
RESTEZ CALME.
D... D'AC-CORD...
GÊNE
QU...

QU'EST-CE...
QUE VOUS FAITES ?
BEN...
JE CHERCHE LE FIL QUI VOUS RELIE À CETTE FEMME.
IL DOIT SE TROUVER PAR ICI, MAIS...
IL Y EN A BEAUCOUP, ALORS C'EST DIFFICILE DE NE PAS SE TROMPER.
AH BON...
VOUS CONNAISSEZ L'HISTOIRE DU FIL ROUGE DU DESTIN ?
LUI, SON EMPLACEMENT EST FACILE À TROUVER...
ET SA COULEUR UNIQUE LE DISTINGUE BIEN DES AUTRES.
JE CONNAIS, OUI...
JE NE PENSAIS PAS QU'IL EXISTAIT VRAIMENT.
EH SI !
IL EST ACCROCHÉ À L'UN DES PETITS DOIGTS.

LE VÔTRE EST À GAUCHE.
ET ON DIRAIT QU'IL N'EST RELIÉ À PERSONNE, POUR L'INSTANT.
.....
AH.
J'AI TROUVÉ !
OH !
FWP

....?
ET VOILÀ.
AH ?
COMME ÇA... ?
OUI.
REGARDEZ.

......
BON, JE PENSE QUE VOUS ALLEZ AVOIR BESOIN DE TEMPS POUR VÉRIFIER LE RÉSULTAT.
ON SE DONNE RENDEZ-VOUS DANS UNE SEMAINE ?
EUH, D'ACCORD.
LE SOIR...
ÇA PEUT ÊTRE ICI, À 20 H ?
VOUS PAIEREZ LA FACTURE À CE MOMENT-LÀ.

……
BON, PARFAIT !

MERCI BEAUCOUP.
GRÂCE À VOUS, CETTE STALKEUSE A DISPARU DE MA VIE...
MERCI !
C'EST MON TRAVAIL !
De rien !
.....
QUOI ?
OH !
EUH, RIEN, JE...

DEPUIS QUAND VOUS FAITES ÇA ?
CE MÉTIER ?
DEPUIS MES DIX-HUIT ANS...
DONC ÇA VA FAIRE HUIT ANS, JE CROIS.
AH ?
MAIS...
EXCUSEZ-MOI ! JE...
JE VOUS AI PRIS POUR UN ÉTUDIANT !
HUM...
C'EST MON LOOK FLASHY QUI VOUS A INDUIT EN ERREUR ?
AH !
OH, JE...
DÉSOLÉ, JE NE VOULAIS PAS ÊTRE MALPOLI...
AHAHA, JE PLAISANTE !

HARA, VOUS AVEZ TRENTE-DEUX ANS, JE CROIS ?
D'AC-CORD...
GARGLUUUU...
C'EST UN PEU TARD POUR ÇA, MAIS VOUS VOULEZ BIEN QU'ON SE TUTOIE ?
ÇA ME METTRAIT PLUS À L'AISE.
HUM...
EUH.
ROUGIT
PFF !
TU VEUX ALLER MANGER QUELQUE PART ?

JE T'INVITE.
BON...
JE VAIS PAS DIRE NON À ÇA !
AHA
ALLONS-Y !
MERCI BEAUCOUP !
DE RIEN.
TU DÎNES SOUVENT AVEC TES CLIENTS, COMME ÇA ?

HMM…
ÇA DÉPEND DES MOMENTS.
MAIS C'EST PLUTÔT DES SNACKS OU DES CAFÉS.
C'EST LA PREMIÈRE FOIS QUE JE BOIS AUTANT !
D'ACCORD…
EN MÊME TEMPS, C'EST PAS SOUVENT QUE JE SUIS INVITÉ AU RESTO PAR UN INCONNU…
MAIS C'ÉTAIT UNE INVITATION HONNÊTE !
ET PUIS…
TOI, TU AS ACCEPTÉ !
AHAHA, C'EST VRAI !

TU AS L'AIR D'UNE PERSONNE TRÈS GENTILLE...
ET...
JE CROYAIS QU'ON N'AURAIT PLUS L'OCCASION DE PASSER DU TEMPS ENSEMBLE.
C'ÉTAIT BIEN, POUR FINIR.
DOM
!
?
QU...

JE SUIS DÉSOLÉ...

JE PEUX OUBLIER CE QU'IL S'EST PASSÉ, SI C'EST ÇA QUE TU ME DEMANDES.
NON, JE...
C'EST PARCE QUE JE T'AI EMBRASSÉ SANS TE DEMANDER TON AVIS...
HAHA
T'ES TELLEMENT RESPECTUEUX...
C'EST PAS GRAVE, C'EST PAS IMPORTANT, POUR MOI.
C'EST L'ALCOOL, QUI FAIT ÇA.
HEIN ?
JE CROIS QUE JE SUIS TOMBÉ AMOUREUX DE TOI.
CE N'EST PAS PARCE QUE J'AI BU.
JE NE VEUX PAS QU'ON SE QUITTE COMME ÇA.

C'EST JUSTE UNE IMPRESSION...
ON S'EST VUS DEUX FOIS...
ON A BESOIN D'UNE RAISON D'ÊTRE AMOUREUX, EN GÉNÉRAL, NON ?
JE NE PARLE PAS DE ÇA...
HM ?
BEN...
DÉJÀ, TU PRÉFÈRES LES HOMMES, TOI ?
JE NE PENSE PAS QUE L'AMOUR SOIT LIÉ AU GENRE DES PERSONNES. HOMME, FEMME, PEU IMPORTE.

DEPUIS QU'ON S'EST RENCONTRÉS... JE N'ARRIVE PAS À OUBLIER CETTE SENSATION, LÀ OÙ TU AS TOUCHÉ MON COU.
TON REGARD...
TON ODEUR... TOUT.
ÇA FAIT UNE SEMAINE QUE JE NE PENSE QU'À ÇA.
SI JE TE LAISSE PARTIR COMME ÇA CE SOIR, TU VAS TOUT DE SUITE M'OUBLIER, PAS VRAI ?
C'EST CETTE PENSÉE QUI...
M'A POUSSÉ À T'EMBRASSER. COMME UN RÉFLEXE.
DIS...
TU TE SOUVIENS DU FIL ROUGE DONT JE T'AI PARLÉ ?
?
OUI...
BEN...
MOI, J'EN AI PAS.

MOI…
JE PEUX PAS ME LIER AUX GENS.
J'EN AI CONCLU QUE…
JE TROUVERAI JAMAIS PERSONNE…
QUI PUISSE M'AIMER VRAIMENT.
TON FIL ROUGE N'EST ENCORE RELIÉ À PERSONNE, HARA.
MAIS UN JOUR, TU VAS TOMBER SUR TON ÂME SŒUR.
ALORS, IL VAUT MIEUX QUE TU RESTES LOIN DE MOI.

DANS CE CAS...
EN CE MOMENT...
ON EST LIBRES TOUS LES DEUX, ALORS TU PEUX FAIRE CE QUE TU VEUX DE MES SENTIMENTS.
ME REGARDE PAS COMME ÇA...

Tu sais que si ça devient sérieux, c'est moi qui serai blessé ?
ON PEUT ÊTRE SEX FRIENDS.
... QUOI ?
BEN...
VU LA SITUATION, JE ME LIE À PERSONNE, DONC J'AI QUE DES RELATION SEXUELLES.
J'AI TOUJOURS VOULU AVOIR QUELQU'UN DE SYMPA AVEC QUI COUCHER QUAND JE TROUVE PAS DE COUP D'UN SOIR.
ET JUSTEMENT, AUJOURD'HUI, JE ME SENTAIS UN PEU SEUL...
ENFIN...

SI ÇA TE CONVIENT COMME RELATION...
AVEC ÇA, C'EST SÛR QU'IL VA LÂCHER L'AFFAIRE.
J'AI ÉTÉ SUFFISAMMENT DÉTESTABLE...
D'ACCORD.
... QUOI ?
ON FAIT ÇA !

Chapitre 2

UN LOVE HOTEL...
N'IMPORTE QUELLE CHAMBRE ?
HEIN ?
OH, OUI, N'IMPORTE.
.....
IL VEUT VRAIMENT... ?

CLAC
EUH...
PAC
C'EST MOI QUI AI PROPOSÉ, MAIS...
SI AU FINAL ÇA TE MET MAL À L'AISE, ON PEUT S'ARR...
BAM
!

FWP
HARA...
HM...
GNN
......
BRR
H...
HA !
ROUGIT
MA VOIX...
HN...
Et puis...
doucement...
FF...
S'il continue comme ça...
BRR
BRR

JE VAIS PERDRE LE CONTRÔLE ...
DOM
FFFR
EH BEN, MERDE, ALORS...
HA...

HOP
MAIS !!?
JE SUIS...
SI LÉGER QUE ÇA ?!
Le choc...
HA !
NON !
ATTENDS !
ÇA TE VA VRAIMENT ?
C'EST PAS PARCE QU'ON COUCHE ENSEMBLE QUE ÇA VA CRÉER UN LIEN, HEIN, TU SAIS ?!
CRII
ÇA ME VA PAS...
VRAIMENT...
MAIS...

J'AI TROP ENVIE DE TOI.
... AH...

HMPH...
HN
SLU...
SMACK
SMACK
HM...
AH
...RP
FFF
ÇA DÉPASSE...
TOUTES MES ATTENTES...
HMPH...
Tout à l'heure...
cet homme m'a embrassé tout doucement, comme s'il avait peur de me casser.
Avec sincérité...
sans détour...
J'aurais jamais cru qu'une personne aussi délicate...
SLURP
HA

embrasse aussi
comme ça.
HA
HA
HUM...
TU AS...
DÉJÀ COUCHÉ
AVEC UN HOMME ?

CRII
EUH... OUI.
QUELQUES FOIS.
.....
JE SAIS COMMENT ÇA SE PASSE.
MAIS...
COMME JE NE PENSAIS PAS QU'ON ALLAIT SI VITE EN ARRIVER LÀ, JE NE ME SUIS PAS RENSEIGNÉ PLUS QUE ÇA...
TU PEUX M'EXPLIQUER...
CE QU'IL FAUT FAIRE ?
.....

IL FAUT QUE JE ME PRÉPARE.
DONC JE DOIS ALLER DANS LA SALLE DE BAIN, DÉJÀ.
PFFF
J'AI TROP PRIS TOUT ÇA À LA LÉGÈRE...
Je vais pas me défiler maintenant que j'ai pris l'initiative...
Et de toute façon, j'ai aucune envie de me défiler...
PFF
BAH.
DISONS QUE C'EST UN PLAN CUL. ÇA M'ÉVITERA D'EN CHERCHER D'AUTRES.

je suis curieux de voir ce que ça donne, le sexe, avec cet homme-là.

HM ?
QU'EST-CE QU'IL Y A ?
TES CHEVEUX...
OH !
FLP
OUI, ILS SONT MOUILLÉS...
TU VEUX QUE JE ME RECOIFFE ?
Tu préférais avant ?
OH, NON...
ÇA TE VA TRÈS BIEN COMME ÇA.
C'EST PAS LA MÊME PER-SONNE...
ÇA...
C'EST PAS POSSIBLE...
C'est son jumeau maléfique ?
HARA, TU PEUX ALLER TE DOUCHER, SI TU VEUX.

.....
FIXE
QUOI ENCORE ?
ÇA M'ENNUIERAIT QUE TU T'ENFUIES...
JE M'ENFUI-RAI PAS !
On y est, faut en profiter.
ALORS, VIENS AVEC MOI.
SERRE
きゅ
.....
NON...
C'EST BON.
ON PEUT COMMENCER.

ATTENDS.
IL FAUT ÉTABLIR DES RÈGLES.
C'EST TOUJOURS MOI QUI TE CONTACTE.
ON DORT PAS ENSEMBLE.
ON EST PAS CENSÉS AVOIR DES SENTIMENTS L'UN POUR L'AUTRE, JAMAIS.
SI TU PEUX PAS GARANTIR ÇA, ON LAISSE TOMBER.

HMPH
... D'AC-CORD.
ÇA LUI CONVIENT CLAIREMENT PAS...
C'EST QUOI, TON PRÉNOM ?
HM ?
POURQUOI TU ME DEMANDES ÇA, TOUT À COUP ?
JE VOUDRAIS POUVOIR T'APPELER PAR TON PRÉNOM.
JE SUPPOSE...
QUE ÇA NE PEUT PAS FAIRE DE MAL DE LUI DIRE...
KAORU.

C'EST JOLI.
Ça te va bien !
AH ?
C'EST UN PRÉNOM TROP MIXTE À MON GOÛT. J'AURAIS PRÉFÉRÉ PLUS VIRIL...
KA...
...ORU.
MINCE...

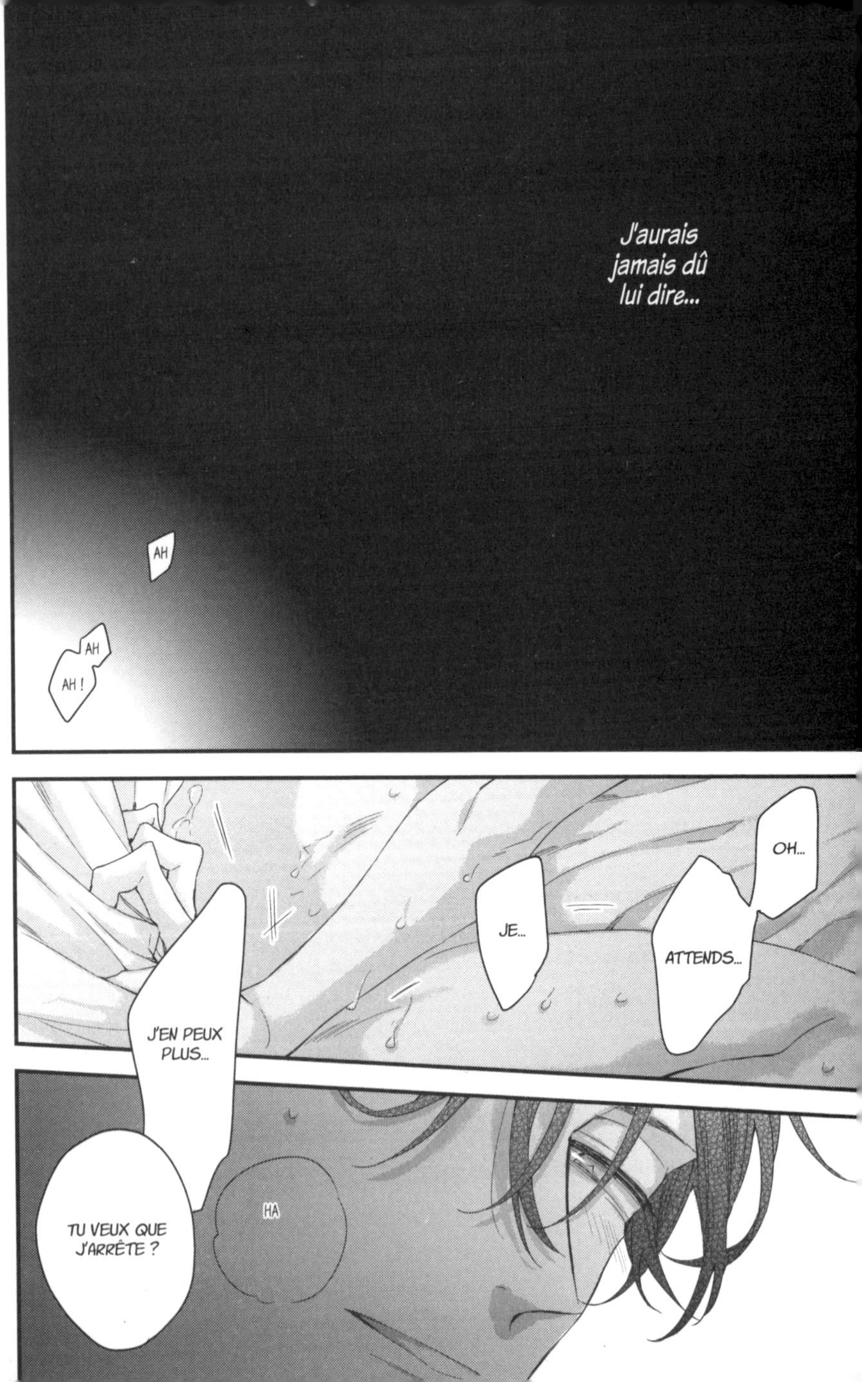

J'aurais jamais dû lui dire...
AH
AH
AH !
OH...
ATTENDS...
JE...
J'EN PEUX PLUS...
HA
TU VEUX QUE J'ARRÊTE ?

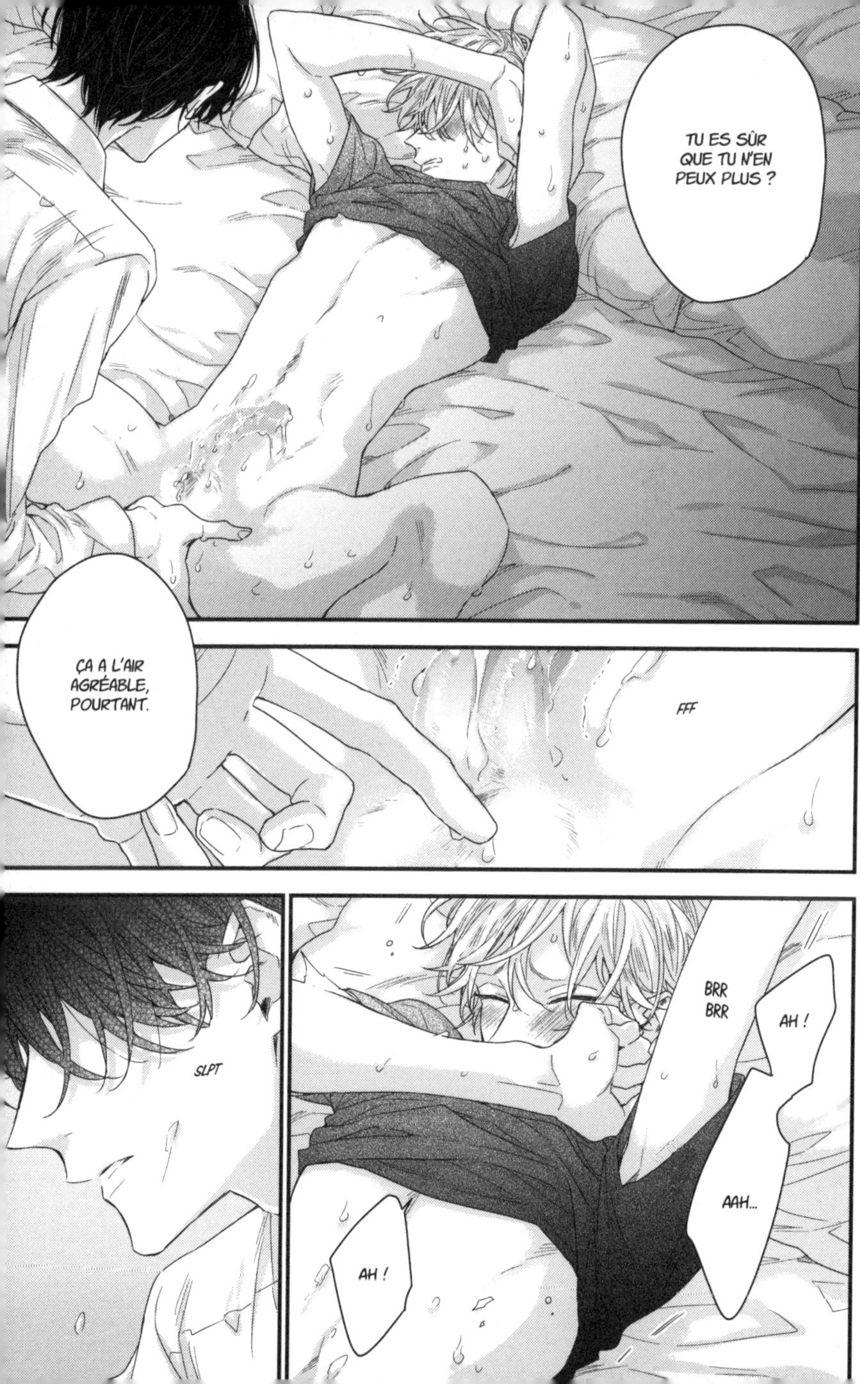
TU ES SÛR QUE TU N'EN PEUX PLUS ?
FFF
ÇA A L'AIR AGRÉABLE, POURTANT.
BRR BRR
AH !
AAH...
AH !
SLPT

TU AS ENCORE JOUI...
......
J'ARRIVE PAS À ME CALMER...
BRR
BRR
KAORU...
GNN
AH !
TU ARRIVES À PRENDRE DES FEMMES...
AVEC UN CORPS AUSSI RÉCEPTIF À CE GENRE DE STIMULATION ?
BRR
H...
FWP
N...
AH !
NON...
C'EST...
C'EST TOI QUI ES TROP DOUÉ...
SQUISH
SQUISH

C'EST LA PREMIÈRE FOIS QUE QUELQU'UN ME FAIT CET EFFET...
JE VOIS...
HA
CARESSE
DONC...
ÇA VEUT DIRE QUE JE SUIS CAPABLE DE FAIRE RÉAGIR TON CORPS COMME CELUI D'UNE FEMME.
TOUT·ROUGE
CO...
COMME UNE FEMME...
JE ME TROMPE ?

JOUER AVEC TES TÉTONS...
SERRE
BRR
AH !
SQUISH
OOH !
METTRE MES DOIGTS EN TOI...
SPLTR
ÇA TE FAIT MOUILLER, VISIBLEMENT.
TU ME DIRAIS LE CONTRAIRE ?
HUUU
... AH...
TU ES ADORABLE, KAORU.
BRR
HM...
FLP
BRR
HM...
C'EST BON ?

AH...
DÉTENDS-TOI.
BLC
BRR
AH !
FWFWFW...
BRR
BRR
HMMM...
AH
AH
BRR
SPLT

.....
EST-CE QUE TU VIENS DE JOUIR À CAUSE D'UNE SIMPLE PÉNÉTRATION ?
HA
C'EST TROP CHOU...
ON VA VOIR COMBIEN DE FOIS ENCORE TU PEUX VENIR, D'ACCORD ?

On a carrément...
abusé.
PFOUUU
J'AI TROP JOUI, JE SUIS CREVÉ...
LUI, PAR CONTRE...
ÇA VA ? PAS TROP ÉPROUVÉ ?
BOUDE
BEN, SI. TU CROIS QUOI ?

HARA...
TU SAIS QUE TU CHANGES COMPLÈTEMENT DE PERSONNALITÉ, PENDANT LE SEXE ?
HAHA...
PFFT
C'EST PARCE QUE ÇA AVAIT L'AIR DE T'EXCITER. QUAND J'AGISSAIS COMME ÇA, JE TE SENTAIS TE CONTRACTER.
J'AI TROUVÉ ÇA TROP MIGNON, ET...
J'AI SUIVI.
....!!
OH, NON...
M...
MAIS NON !?
C'est pas pour autant que je suis fan de ce genre de jeu de rôle !!
HAHA
J'AI FINI !
IL Y A UN AUTRE ENDROIT OÙ TU VEUX T'ESSUYER ?
... Non.
Merci.

CLAC
JE VAIS ME REPOSER UN PEU.
PARS AVANT MOI.
... OK.
CRII
?
BRR
FFF
APPELLE-MOI, OK ?
......

Je n'ai aucune raison de ne pas fréquenter une personne qui me traite avec autant de gentillesse.
Je ne fais que profiter de lui.
Et c'est d'autant plus agréable que je n'arrive pas à le détester.
JE FAIS ÇA AUSSI POUR TOI, HEIN...
SEULEMENT SI ÇA ME DIT.

ALLEZ, OUBLIE-MOI VITE.
TROUVE-TOI QUELQU'UN DE BIEN.
KAORU...
......
Il est collant, quand même...
QU...
...OI ?
SMACK

BONNE NUIT...
CLAC
POUF
NE LAISSE PAS CE GENRE D'IMPRESSION DERRIÈRE TOI...

Chapitre 3

HAA
HA...
HM...
HU...
HAA...
H...
J'ARRIVE PAS À JOUIR...
Ça fait deux mois que je couche à droite à gauche, mais quel que soit le genre de mes partenaires...
malgré le plaisir...
je reste complètement frustré en comparaison de ce qui s'est passé avec lui.

Quoi que je fasse, je n'arrive pas à oublier...

Sa voix basse, douce et un peu rauque...
La sensation de ses mains effilées sur mon corps...
Son regard vibrant empli de désir, son souffle, sa chaleur, tout...
Je m'en souviens encore parfaitement.
FUFU
TU N'ARRIVES PAS À VENIR ?

BRR
SI TU M'APPELAIS...
JE POURRAIS TE DONNER AUTANT D'ORGASMES QUE TU VOUDRAIS.
BRR
AH !
AH... !?
HM...
OOH...
BRR
BRR
H...
SPLC

HA...
POURQUOI J'AI IMAGINÉ QUE...
C'est trop tard...
APRÈS TOUT...
IL NE M'A PAS CONTACTÉ NON PLUS DEPUIS DEUX MOIS. IL A DÛ PASSER À AUTRE CHOSE.
......

Je vais appeler une fois pour voir.

KAORU !
SERRE
T'emballe pas...
Je veux juste...
me servir de lui.
SON FIL...
N'EST TOUJOURS PAS ACCROCHÉ.
ON VA À L'HÔTEL ?
DIRECTEMENT ?

BEN, C'EST CE TYPE DE RELATION QU'ON A, NON ?
CLAC
KAORU...
ON VA SE DOUCH...
PAC
HA !
HARA...

VITE... !
Ensuite,
tout s'est
enchaîné.

Mes réticences sont devenues des mensonges...
et nous avons continué à nous voir.
KAORU.
TU VEUX QU'ON PRENNE UN « LOTION BATH » ENSEMBLE, AUJOURD'HUI ?
NON MERCI...
JE T'AI DIT QUE JE VOULAIS PAS FAIRE CE GENRE DE CHOSE.

HAA
MAIS...
BRR
ビク
ÇA A L'AIR TRÈS ÉROTIQUE, POURTANT.
DIS-TOI...
QUE C'EST UNE FORME DE PRÉLIMINAIRES.
DOM
HM...
SOURIT
OK ?
J'Y VAIS EN PREMIER !
......

J'ai l'impression ...
qu'il croit que je suis capable de faire n'importe quoi juste pour mon propre plaisir...
C'EST UN PEU VEXANT...
DOM
Mais non !
N'importe quoi ! On s'en fout, de ce qu'il pense !
POUF
Je ne vois Hara...
que parce que le sexe est agréable avec lui.
Parce qu'on est parfaitement compatibles, rien d'autre.
SCOUIPLASH
BOUM
BRR

CLAC
HARA ?!
OH...
KAORU...
HUM.
J'AI GLISSÉ...
SCOUIIII
WAAH !
M... MAIS !
ÇA GLISSE TROP, J'ARRIVE PAS À ME REDRESSER...
K... KAORU...
PARDON, MAIS... TU PEUX M'AIDER ?
PFF...
AHAHA HAHA !
T'ES TROP NUL !!
!?

QU'EST-CE QUE JE VAIS FAIRE DE TOI... ?
SÉRIEUSEMENT...
PFHAHA !
.....
TIENS.
BOULET, VA.

ATTENTION À NE PAS GLISSER...
MAIS OUI !
PLISH
OH !
C'EST VRAI QUE C'EST AGRÉABLE...
C'est tout visqueux !
KAORU.
VIENS PAR ICI.
ALLEZ !
TIRE
WAH !
HÉ !
MAIS...

GLISSE
ぬる
PLOUF
HA
HM...
C'EST PLUS FACILE DE SE TOUCHER, COMME ÇA.
ALORS ?
C'EST AGRÉABLE ?
MOUI...
HARA...
HM ?
EST-CE QU'IL Y A QUELQUE CHOSE QUE TU VOUDRAIS QUE JE FASSE ?
HA
.....
BEN, C'EST TOUJOURS MOI QUI PROFITE.
JE TROUVE PAS ÇA NORMAL QUE ÇA SE FASSE DANS UN SEUL SENS.

ENFIN, ÇA DÉPEND QUOI, QUAND MÊME, MAIS...
.....
IL N'Y A RIEN.
MAIIS...
JE TE CROIS PAS !
AH BON ?
LE FAIT DE POUVOIR TE TOUCHER ME CONVIENT PARFAITEMENT.
JE NE VOIS PAS CE QUE JE POURRAIS SOUHAITER DE PLUS.

MAIS...
POURTANT...
ON N'EST PAS CENSÉS AVOIR UNE RELATION SENTIMENTALE.
JE TE L'AI DIT, NON ?
ALORS, JE COMPRENDS PAS...
TU ES COOL...
GENTIL...
DOUÉ AU LIT...
TU DOIS AVOIR UN SUCCÈS FOU...
HAHA
JE SUIS CONTENT QUE TU ME PERÇOIVES COMME ÇA !
.....
C'EST PAS LE PROPOS !
COMME ON EST SEX FRIENDS, T'AS PAS BESOIN D'ÊTRE AUSSI ATTENTIONNÉ, TU VOIS ?
POURTANT, TU LE FAIS POUR MOI.
ÇA N'A PAS DE SENS, SI ON N'EST PAS SUR LA MÊME LONGUEUR D'ONDE ET QUE TU NE REÇOIS RIEN, DANS CET ÉCHANGE.

HUM, JE VOIS...
BON.
D'ABORD, IL FAUT QUE TU COMPRENNES QUE TU ES BIEN PLUS ATTIRANT QUE TU NE LE CROIS.
C'EST UN VRAI PROBLÈME.
... EUH, PARDON ?
ENSUITE...
JE FAIS TOUT CE DONT J'AI ENVIE.
MÊME SI JE PRENDS LE RISQUE D'ÊTRE BLESSÉ...
ÇA NE ME DÉRANGE PAS SI C'EST TOI.

ALORS, NE T'INQUIÈTE PAS, OK ?
PFF
C'EST PAS COMME SI JE M'INQUIÉ-TAIS...
FFF
SMACK
ALLEZ, ON A FAIT COULER UN « LOTION BATH ».
C'EST POUR L'ESSAYER !

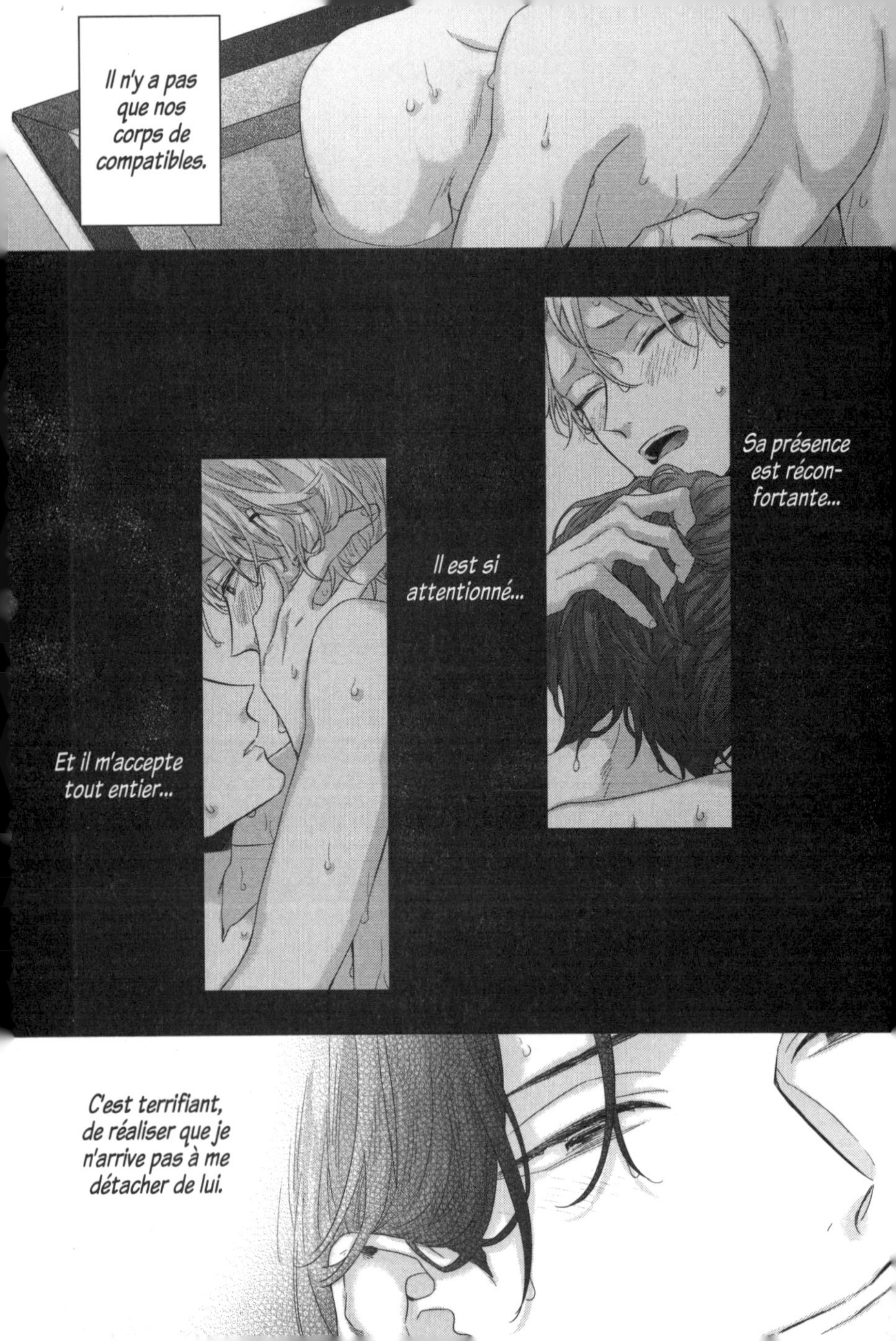
Il n'y a pas que nos corps de compatibles.
Sa présence est récon-fortante...
Il est si attentionné...
Et il m'accepte tout entier...
C'est terrifiant, de réaliser que je n'arrive pas à me détacher de lui.

Même si j'ai peur du jour où nos corps ne suffiront plus...
je suis incapable de mettre fin à cette relation.
OH, KAKERU ?
JE SUIS SORTI DU MÉTRO, J'ARRIVE BIENTÔT.
HAHA !
À TOUT DE SUITE !

Kakeru
Hara
Hara
Hara
Hara
Hara
QU...
WAOUH...
JE PENSAIS PAS L'AVOIR APPELÉ SI SOUVENT... !?
Mince, alors !
......
HA
Je m'étais juré de ne plus m'accrocher à personne, mais...
au final, je passe mon temps avec lui.
QU'EST-CE QUE JE FOUS, BORDEL...

BONJOUR TONTON KAORU !
T'ES ENCORE TROP CLASSE, AUJOURD'HUI !
AHAHA !
COMMENT ÇA VA ?
SUPER BIEN !!
BON ANNIVERSAIRE !
VOILÀ VOS CADEAUX !
!!
OOOOH ! C'EST ÉNORME !!
ON PEUT LES OUVRIR ?! S'IL TE PLAÎÎÎT !
HAHA
MAIS OUI !
HÉ !

Depuis des générations, la famille Kamisawa enfante des jumeaux.

L'un d'eux hérite du pouvoir de voir les fils du destin...
l'autre a pour devoir de faire perdurer la lignée.
Un jour, ces deux-là...
devront suivre la même voie que nous.
ATTEN-DEZ !
J'ABAN-DONNE ! PITIÉ...
PFF
PFF
LAISSEZ-MOI SOUFFLER !
T'ES TROP PAS SPORTIF, TONTON...
T'AS VRAIMENT LE MÊME ÂGE QUE PAPA ?
BEN, DÉSOLÉ, HEIN...
J'aime pas trop les activités en plein air...

BON, ALORS ON VA ALLER JOUER TOUS LES DEUX !
ET TU PEUX RESTER TE REPOSER ICI, TONTON.
OK.
ATTENTION À FAIRE DU SPORT SOUVENT !
C'EST IMPORTANT, D'ÊTRE EN FORME !
TAP
TAP
ILS RESSEMBLENT À LEUR PÈRE...
PAF
JE FAIS PLEIN DE SPORT DE CHAMBRE, MOI, D'ABORD !!
ÇA SUFFIT !
KAKERU.
C'est bon ? Tu as trouvé des toilettes ?
OH
MERCI !
MERCI DE LES AVOIR SURVEILLÉS.
TIENS, DE L'EAU.
.....

TU AS RENCONTRÉ QUELQU'UN DE BIEN, NON ?
POURQUOI TU ME DEMANDES ÇA ?
JE TROUVE QUE TU DÉGAGES UN TRUC DIFFÉRENT DE D'HABITUDE.
JE N'AI PERSONNE.
C'EST PAS COMME SI C'ÉTAIT POSSIBLE, SANS FIL...
ÇA, TU N'EN SAIS RIEN.
IL Y A BEAUCOUP DE GENS QUI NE TROUVENT JAMAIS LEUR ÂME SŒUR, DE NOS JOURS, NON ?
RIEN NE T'EMPÊCHE DE TOMBER SUR CE GENRE DE...
ET COMMENT JE POURRAIS LES DIFFÉRENCIER DES AUTRES ?!

TU TE DIS QUE CETTE FOIS, ÇA VA ÊTRE LA BONNE...
TU TOMBES AMOUREUX...
ET TU TE METS À VÉRIFIER SI LEUR FIL NE SE NOUE PAS, À CHAQUE RENCONTRE, CHAQUE SECONDE...
ET TU ES TERRIFIÉ, JOUR APRÈS JOUR...
ET MÊME SI TU ENDURES TOUT ÇA...
AU FINAL, LA PERSONNE TOMBE SUR L'ÊTRE QUI LUI EST DESTINÉ.
JE SAIS PAS COMMENT JE POURRAIS LE SUPPORTER ENCORE...
.....
PFF
JE T'AI DIT QUE JE VOULAIS PLUS EN PARLER...

DÉSOLÉ...
JE...
VOUDRAIS QUE TU SOIS HEUREUX.
J'AIMERAIS QUE TU NE RENONCES PAS À TES RELATIONS JUSTE À CAUSE DE TON DON.
LAISSE TOMBER.
LES GENS DONT JE TOMBE AMOUREUX FINISSENT TOUJOURS PAR TROUVER LEUR PARTENAIRE IDÉAL.
ÇA A TOUJOURS ÉTÉ COMME ÇA.
ÇA CHANGERA PAS.
PFF...

La première personne dont je suis tombé amoureux s'est révélée être l'âme sœur de mon frère.
La première personne avec qui je suis sorti m'a quitté pour un inconnu.
Et le fil rouge de la suivante...
s'est noué à celui de mon meilleur ami de l'époque.
TOUT ÇA, C'EST DU PASSÉ.

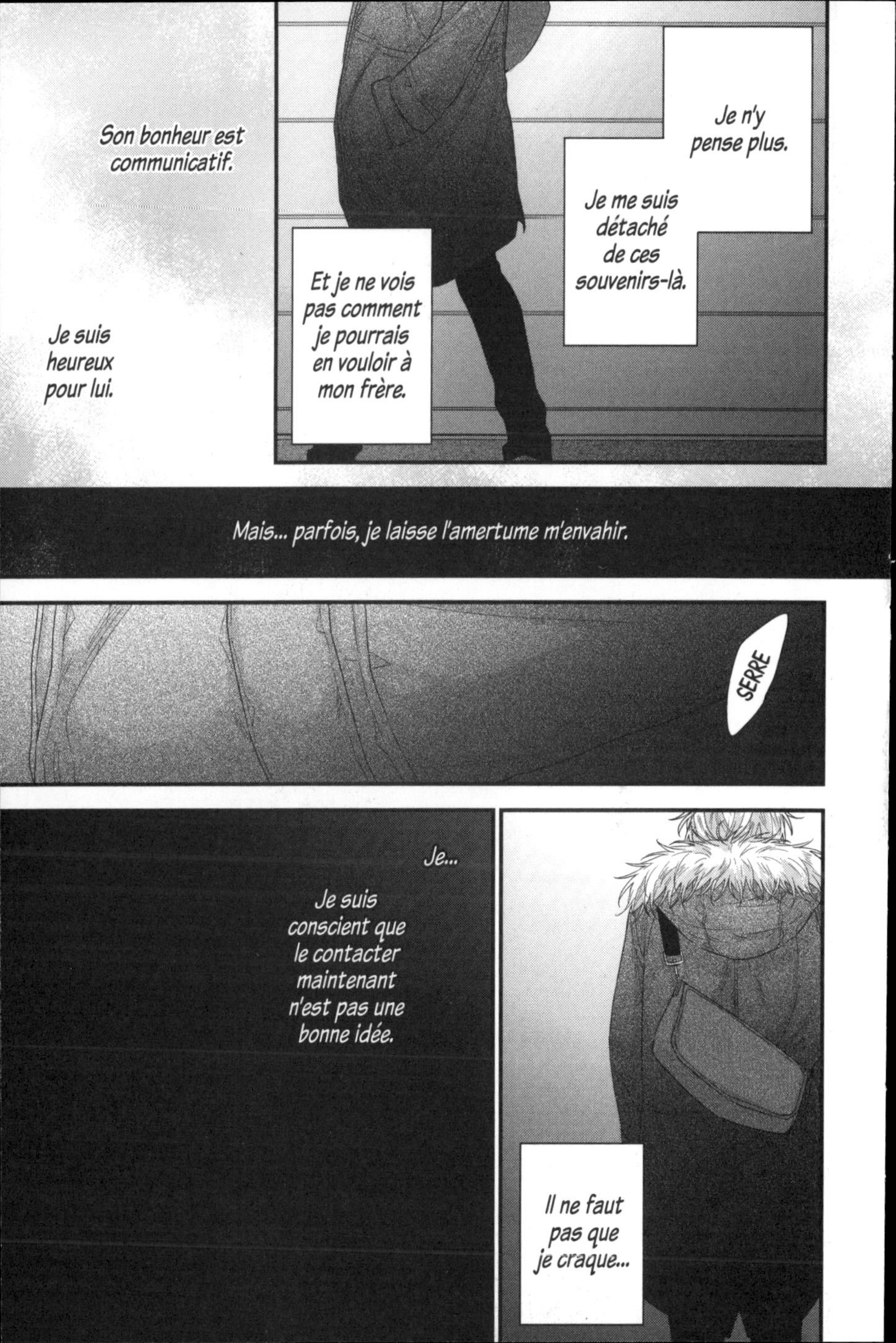

Je n'y pense plus.
Je me suis détaché de ces souvenirs-là.
Et je ne vois pas comment je pourrais en vouloir à mon frère.
Son bonheur est communicatif.
Je suis heureux pour lui.
Mais... parfois, je laisse l'amertume m'envahir.
SERRE
Je...
Je suis conscient que le contacter maintenant n'est pas une bonne idée.
Il ne faut pas que je craque...

SERRE
ガチャ
Je le sais...
mais...
KAORU ?
ÇA VA ? POURQUOI TOUT EST ÉTEINT ?
....?
DÉSOLÉ DU RETARD.
JE SAIS QU'ON EST DIMANCHE, MAIS J'AI EU UNE URGENCE, AU BOULOT...
GNNIP
!

PLAF
CRII
KAORU...
HM...
CLING
!
CLING
CLING
TSS...
KAORU...
GN
KAORU.

QU'EST-CE QU'IL Y A ?
IL T'EST ARRIVÉ QUELQUE CHOSE ?
J'AI ENVIE QUE TU SOIS VIOLENT AVEC MOI, AUJOURD'HUI...
COMME LA PREMIÈRE FOIS.
... JE NE PEUX PAS FAIRE ÇA.
D'ACCORD. DANS CE CAS, JE...
PARS...
PARCE QUE...

TU AS L'AIR D'AVOIR BESOIN D'ÊTRE DORLOTÉ.
NE T'INQUIÈTE PAS.
JE VAIS FAIRE EN SORTE QUE LE PLAISIR T'EMPÊCHE DE RÉFLÉCHIR.
Tsss...
Je suis fichu...

Je suis tombé amoureux de cet homme.

Chapitre 4

ÇA FAIT DEUX SEMAINES QU'IL NE M'A PAS CONTACTÉ.
HAA...
Il était bizarre, l'autre fois...
Il avait l'air complètement...
déprimé.
J'ESPÈRE...
QUE J'AI PU ALLÉGER UN PEU SA PEINE...
CRII
Je suis sûr que son apparence et son comportement extravertis ne sont qu'une façade.

À chaque fois qu'on se voit, j'apprends à mieux le connaître.
En réalité, il est très gentil...
sensible...
et la solitude le fait souffrir.
PFF...
JE VEUX LE PRENDRE DANS MES BRAS...
Au moins pour le distraire...
au moins pour faire en sorte qu'il se sente un peu moins seul...
Peu importe s'il considère qu'il se sert de moi.

Un jour, quelqu'un sera relié à ton fil rouge...
et tu me quitteras.
JE ME DEMANDE...
COMBIEN DE FOIS IL A DÉJÀ VÉCU CETTE EXPÉRIENCE.
Je ne veux pas d'âme sœur.
SERRE

Je veux juste rester à tes côtés.
Kamisawa Kaoru
BRRRR

BONSOIR !
KAORU...
TES CHEVEUX...
OH, OUI !
JE LES AI LAISSÉS AU NATUREL.
PARCE QUE TU PRÉFÈRES COMME ÇA, NON ?
CHOQUÉ !!
HEIN !?
PFF !
AHAHA !
C'EST QUOI, CETTE TÊTE ?!

JE PLAISANTAIS !
.....
EUH... C'EST MÉCHANT... DE TE MOQUER DE MOI COMME ÇA...
DÉSOLÉ !
ALORS IL NE L'A PAS FAIT POUR MOI, EN VRAI ?
Mais...
je suis content qu'il aille mieux.
DIS, HARA.
ON FAIT UNE SORTIE TOUS LES DEUX, AUJOURD'HUI ?

J'AI PLEIN DE COUSES À FAIRE ! DES VÊTEMENTS... DES ACCESSOIRES...
TU VIENS AVEC MOI ?
U...
EUH !
PFT
C'EST POUR DE VRAI, CETTE FOIS.
Il se fiche encore de moi, hein... ?
BOUH
B...
BIEN SÛR !
ALORS C'EST PARTI !
Je me demande...
si je peux vraiment le prendre au mot, cette fois...

ENFIN...
IL NE ME PROPOSE PAS NON PLUS UN RENDEZ-VOUS AMOUREUX, IL A DIT ÇA SANS S'EN RENDRE COMPTE...
HUUUUM
HARA ?
PARDON ? EUH...
QUOI ?
SI TU RESTES PLONGÉ DANS TES PENSÉES, TU VAS ENCORE TRÉBUCHER SUR QUELQUE CHOSE.
JE TE CONNAIS, AVEC TA MALADRESSE NATURELLE...
HM...
JE VAIS FAIRE ATTENTION...
BAH, T'EN FAIS PAS. ATTENDS...
LÀ.

QU...
ALLEZ, VIENS !
C'était juste un geste sur le moment...
Il n'a aucune signification particulière.
Mais...
La distance entre nous semble s'être légèrement réduite.
J'ai peut-être le droit d'espérer... ?

HARA, HARA !
AIDE-MOI À CHOISIR !
HM ?
UNE BAGUE.
J'HÉSITE TROP !
HUM...
CELLE-LÀ ?

OH, ELLE EST PAS UN PEU BANALE ?
GYAH
....!
BOUHOU
JE TROUVAIS QU'ELLE T'IRAIT BIEN...
.....
OK, JE LA PRENDS, ALORS.
AH ? TU ES SÛR ?
OUI !
ELLE ME VA BIEN, TU DIS.
ET LA TAILLE EST PARFAITE.
PIQUE
ATTENDS, PASSE-LA-MOI.
JE TE L'OFFRE.
AH...
MAIS...

......
TIENS.
QUOI ?
TANT QU'À FAIRE, TU PEUX LA METTRE À MON DOIGT.
OH.
D'ACCORD...
TU AS ENLEVÉ LES AUTRES ?
OUI.
ELLES VONT PAS ENSEMBLE.

LA MAIN GAUCHE...
Comme ça...
j'ai l'impression de créer un lien immuable.

……
TU L'AS MISE À CE DOIGT-LÀ…
ARGH !!
P… PARDON !
JE CROIS QUE MES DÉSIRS SE SONT INCONSCIEMMENT… EUH…
PAS QUE MES DÉSIRS SOIENT DE…
Mais qu'est-ce que j'ai fabriqué ?!!
TU PEUX CHANGER DE DOIGT SI TU VEUX, JE NE LE PRENDRAI PAS MAL…
NON, NON, PAS DE SOUCI !

MERCI...
KA...
...ORU.
QU'EST-CE QUI T'ARRIVE, AUJOURD'HUI ?
COMMENT ÇA ?
TU ME DONNES...
BEAUCOUP TROP D'ESPOIR.

C'EST BON.
TU PEUX...
ESPÉRER.
QU...

CÂLIN
KAORU... !!
!!
SERRE
HÉ... DOUCEMENT !
QU'EST-CE QUE TU FAIS, DEVANT TOUT CE MONDE ?!
LÂCHE-MOI, MAINTENANT !
NAN !
COMMENT ÇA, « NAN » ? T'ES PAS UN GAMIN CAPRICIEUX, QUE JE SACHE !
JE T'AIME.
JE T'AIME, KAORU.
JE TE CHÉRIRAI TOUTE MA VIE.

MOI AUSSI...
JE T'AIME, HARA.

HARA.
HARA, RÉVEILLE-TOI.
HUM... ?
FFRSH
QUOI... ?
BONJOUR.
C'EST BIENTÔT L'HEURE D'ALLER TRAVAILLER.

SI TU TE DÉPÊCHES PAS, TU VAS ÊTRE EN RET...
HARA, QU'EST-CE QUE TU FICHES ?!
RONNN
JE SÈCHE.
PLAF
AAH !
MAIS N'IMPORTE QUOI !
TU FAIS UN BOULOT IMPORTANT, EN PLUS !
Allez, courage !
......
C'EST LA PREMIÈRE FOIS QUE J'AI AUTANT DE MAL À ME LEVER POUR ALLER BOSSER...
PFF...
HARA.
JE... J'Y VAIS. PROMIS.
BRR

TU VIENS M'EMBRASSER ?
.....
COMMENT TU VEUX QUE J'AIE ENVIE DE PARTIR SI TU ME SORS CE GENRE DE TRUC TROP MIGNON...
PFFFF...
LÀ, ÇA DEVIENT GÊNANT...

HA...
... ENCORE UNE FOIS...
BON, J'Y VAIS, CETTE FOIS.
OK...
TIRE

KAORU ?
OH !
... AH...
TAC
HAHA !
MOI NON PLUS, JE N'AI PAS VRAIMENT ENVIE QUE TU PARTES.
KAORU...
DÉSOLÉ.
FILE AVANT D'ÊTRE VRAIMENT EN RETARD.
HARA.

BONNE JOURNÉE !
J'AI...
UN MAUVAIS PRESSENTIMENT.

NON, NON...
NOS SENTIMENTS SONT RÉCIPROQUES, ON NAGE DANS LE BONHEUR...
ALORS POURQUOI JE...
PSYCHOTE
PSYCHOTE
......
HARA !
OUI, IMAIKE ?
TU FAIS QUOI, POUR DÉJEUNER ?
ON VA AU RESTO ENSEMBLE ?
PF
AVOUE, TU VEUX QUE JE T'INVITE.
HÉHÉ... GRILLÉ !

BON, OK.
SUPER, MERCI !
PAC
JE VAIS CHERCHER MON TÉLÉPHONE, JE REVIENS !
J'ai dû le laisser à mon bureau.
TÉLÉPHONE...
C'est vrai...
je devrais pouvoir me permettre de le contacter, maintenant.
J'AI LE DROIT, HEIN ?
DÉSOLÉ, IMAIKE.
JE DOIS D'ABORD PASSER UN COUP DE FIL.
OK, J'ATTENDS !
Je viens de penser à quelque chose...
qui me fait peur...
TUUUUUUT TUUUUUUT

LE NUMÉRO QUE VOUS DEMANDEZ...
N'EST PAS ATTRIBUÉ.
J'aurais préféré que cette inquiétude soit infondée, mais...
tu voulais que ce soit notre dernière fois ensemble.

Chapitre 5

C'était une erreur,
depuis le tout début.

Au final, j'ai dû fuir.
CLAC
SILENCE
しん…
FFFR
するり
JE M'EN VEUX TELLEMENT...
Je savais que mes sentiments allaient finir par me submerger.

J'ai souhaité graver l'image de son expression comblée dans mon esprit.
Pourtant...
j'ai quand même voulu que nos cœurs battent à l'unisson, ne serait-ce qu'un moment...
Et j'ai choisi de le blesser plutôt que d'être blessé moi-même.
Malgré tout le bien qu'il pense de moi.

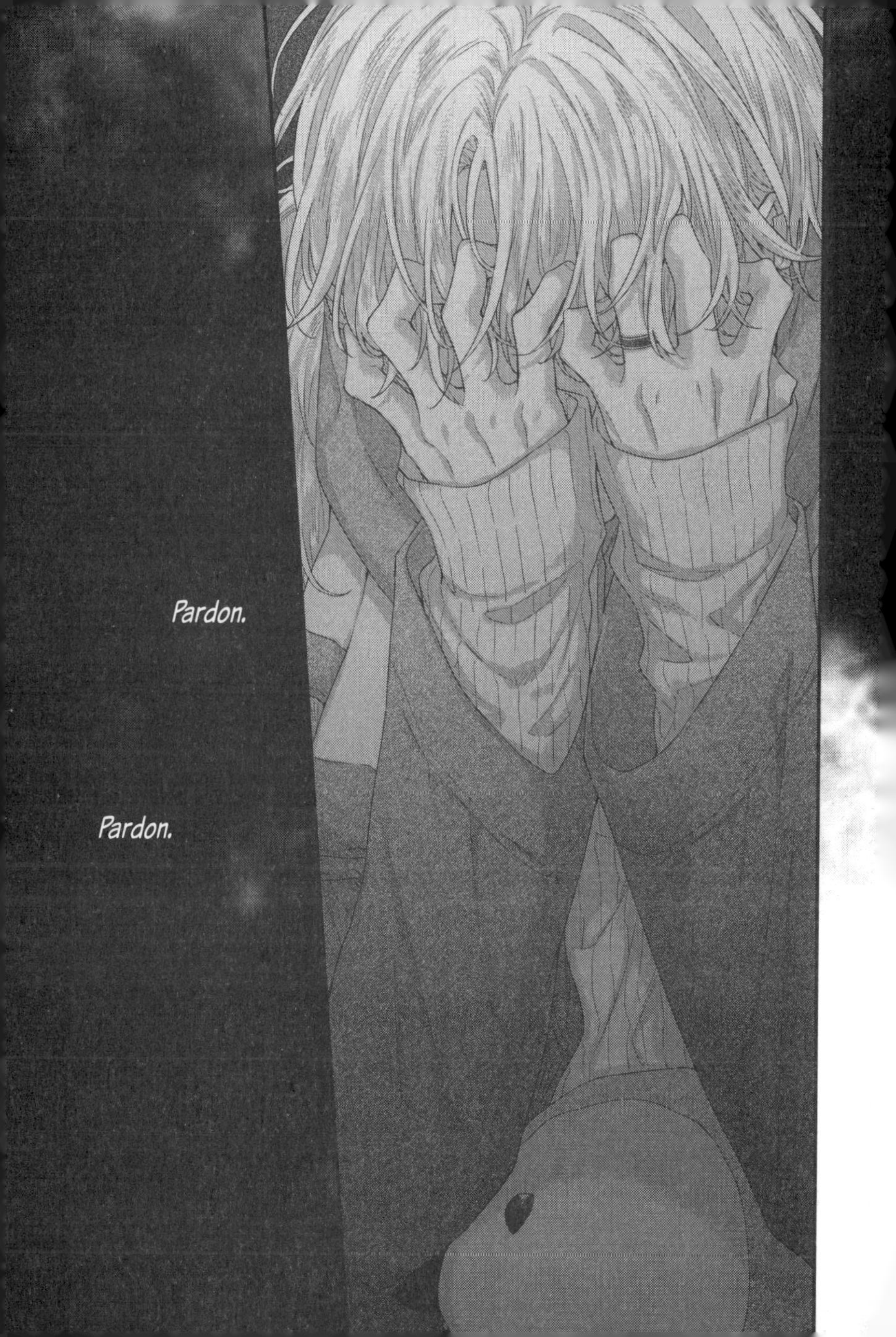
Pardon.
Pardon.

Pardon d'être si faible.
AAAH !

MAIS NAN ! MAIS C'EST PAS POSSIBLE !
JE VAIS Y ARRIVER !
AH !
N...
GAME OVER
PFFFF...
TONTON, T'ES TROP NUL...
SNIRFL
HM ?
C'EST QUOI, CETTE BAGUE ?
OH !
WAAH
ATTENDS, TU T'ES FIANCÉ ?!
ÇA SORT D'OÙ ? POURQUOI T'AS RIEN DIT ?!
MAIS NON.

LES RELATIONS, EN CE MOMENT, C'EST PAS POUR MOI.
SI JE PORTE UNE BAGUE À CE DOIGT, J'AI MOINS DE CHANCES DE ME FAIRE APPROCHER.
C'EST POUR ÇA QUE JE L'AI ACHETÉE !
QU...
.....

AU REVOIR, TONTON !
ENTRAÎNE-TOI POUR LA PROCHAINE PARTIE, D'ACCORD ?
ÇA ROULE !
À PLUS, KAKERU.
SALUT...
CLAC
.....
KAORU !
HM ?
QU'EST-CE QU'IL Y A ?
RIEN...
.....

POUF
POUF
ALLEZ, C'EST QUOI, CETTE TÊTE DE DÉTERRÉ ?
ARRÊTE D'ÊTRE SI DÉPRIMÉ AVEC MON VISAGE, TU VEUX ?
KAORU.
IL N'Y AURAIT PAS QUELQUE CHOSE DONT TU VOUDRAIS ME PARLER ?
COMMENT ÇA ?
JE VOIS PAS DE QUOI JE POURRAIS...
KAORU.
JE SAIS QUAND TU MENS.
JE M'INQUIÈTE, TU SAIS.
TU AS TOUJOURS GARDÉ TES SENTIMENTS POUR TOI...
JE SAIS QUE ÇA NE RÉSOUDRA PAS TON PROBLÈME, MAIS...
KAKERU.

ÇA FAIT SIX MOIS QU'IL A DISPARU.
JE ME DEMANDE OÙ IL PEUT BIEN ÊTRE...
PFF...
.....
PARFAIT...
MERCI, KAMISAWA.

DE RIEN.
PASSEZ UNE BONNE SOIRÉE.
Pff, il est tard...
CLAC
OGH !
AHAHA...

FFF
Ah bon ? T'es jamais allé dans une salle de jeux ?
Non.
À l'université, je passais mon temps à travailler...
Waouh...
C'est la première fois que je rencontre quelqu'un comme toi !
Oh !
On n'a qu'à essayer ça !
Ce ne serait pas plus rapide de l'acheter ?

PFFT
Quoi ?
C'est pas le but !
Le jeu, c'est de s'amuser à l'attraper !
Ah...
Ah bon...
Regarde, je vais tenter le coup.
Ensuite, ce sera à toi.
BOM
W...
Waouh !
J'aurais jamais cru que je l'aurais du premier coup !
On va aller demander la peluche !

Ça s'appelle avoir le coup de main, hein, Hara ?
Ça suffit.
Il va trouver son âme sœur.
Et il va bien finir par m'oublier.
Mais peut-être...
qu'il pense encore un peu à moi.

C'est assez pour moi d'envisager cette possibilité.
Kakeru
BRR
Alors, s'il te plaît...
fais en sorte d'être heureux, où que ce soit.
BONSOIR !

HUM ?
BAH, LES PETITS SONT PASSÉS OÙ ?
ILS SONT AU PARC AVEC YURI.
QUOI !?
JE SUIS VENU PARCE QUE TU M'AS DIT QU'ILS VOULAIENT ME VOIR !
DÉSOLÉ !
ILS NE VONT PAS TARDER.
OK, OK...
C'EST BIZARRE...
J'ÉTAIS SÛR QU'ILS VOUDRAIENT M'ACCUEILLIR COMME...

D'HA...

... BONSOIR.
KAORU.

Chapitre 6

Kaoru !
... Oh...
là...
Ça doit être une connaissance de Kaoru.
Il m'a appelé par son nom...
Euh...
Qu...

Tu m'as tellement manqué... !
GNIIIIII
Pardon !?
M...
Attends...
Je t'ai cherché partout !
Waouh, quelle jolie voix !
Ah, non, je...
Est-ce que cet homme serait... !?
J'ai passé un temps fou à essayer de comprendre pourquoi tu avais disparu...
Je suis sûr que ça a un lien avec tes expériences passées, mais...
je ne peux pas renoncer à t...
je suis désolé...

Oh...
Excusez-moi...
Je vous ai pris pour quelqu'un d'autre.
Vous lui ressemblez tellement...
Eh bien...
vous parlez probablement de mon petit frère, Kaoru ?

GLOUPS
C...
COM-MENT...
IL S'EST JETÉ SUR MOI EN PLEINE RUE.
IL M'A CONFONDU AVEC TOI.
ÇA DEVAIT ARRIVER, VU QU'ON A LA MÊME TÊTE.
QU...
KAKERU !
POURQUOI TU L'AS AMENÉ ICI ?
TU SAIS TRÈS BIEN QUE...
NON, JE NE SAIS PAS !
HIHIHI
COMMENT JE POURRAIS ? TU N'AS RIEN VOULU ME DIRE...
VENGEANCE

TU...
ESPÈCE DE...
Tu te fous de moi...
BON.
JE VOUS LAISSE GÉRER LA SUITE, HARA.
OUI, MERCI.
HÉ !
REVIENS ICI, KAKERU !
KAKERU... !
CLAC
KAORU.
BRR
GLOUPS
ASSIEDS-TOI.
SERRE

QUOI ?
TU ES VENU TE PLAINDRE ?
C'EST BON. TOUT EST DE MA FAUTE.
TU PEUX M'ENGUEULER AUTANT QUE TU VEUX, SI ÇA TE FAIT DU BIEN.
JE PENSE PAS UN MOT DE CE QUE JE RACONTE...
Dès que je l'ai vu...
j'ai instinctive-ment regardé sa main gauche.

Et j'ai été soulagé...
de constater que son fil n'était relié à personne.
Je sais pas abandonner, moi...
NON.
CE N'EST PAS POUR ÇA QUE JE SUIS VENU.
JE VOULAIS JUSTE...
CONFIRMER TES SENTIMENTS.
ÉVIDEMMENT.
J'AVAIS OUBLIÉ QUE TU ÉTAIS INCAPABLE D'EN VOULOIR AUX GENS...
MAIS... JE SUIS DÉSOLÉ.
JE NE RESSENS PLUS RIEN POUR TOI, HARA.

SI TU ESPÉRAIS QUELQUE CHOSE...
TU AS PERDU TON TEMPS EN VENANT ICI.
KAORU.
CE N'EST PAS TRÈS CRÉDIBLE, DE DIRE ÇA ALORS QUE TU PORTES TOUJOURS CETTE BAGUE.
ROUGIT
....!
MINCE !
J'AVAIS PAS FAIT ATTENTION À ÇA...
GNN
JE NE PEUX PAS CROIRE UN MENSONGE SI MAL PRÉPARÉ, KAORU.
JE...

JE SUIS VENU PARCE QUE J'AI DÉCIDÉ DE ME CONSACRER À TOI TOUTE MON EXISTENCE.
DOM
Non...
Non...
Te laisse pas avoir.
Je suis trop heureux !
Il dit ça, mais ça changera.
Peut-être que cette fois, tout ira bien...
Un jour, tout sera fini.

HARA, JE SAIS...
QUE TU PENSES SINCÈREMENT TOUT CE QUE TU VIENS DE DIRE.
MAIS...
SI TON FIL SE NOUE À QUELQU'UN D'AUTRE, CES SENTIMENTS VONT DISPARAÎTRE, PETIT À PETIT.
MÊME S'IL N'A AUCUNE IN-FLUENCE EN LUI-MÊME...
IL VA TE LIER À UNE PERSONNE QUE TU AS TOUTES LES CHANCES D'AIMER.
Si c'est lui que je perds, je ne pourrai jamais m'en remettre.

UN JOUR, QUAND TON FIL SERA LIÉ À QUELQU'UN D'AUTRE...
TU OUBLIERAS CES PROMESSES VIDES DE SENS.
MAIS... QUI DIT QUE JE VAIS FORCÉMENT ÊTRE RELIÉ À QUELQU'UN UN JOUR ?
MOI.
MOI, JE LE SAIS. PARCE QUE MOI AUSSI, JE SUIS TOMBÉ AMOUREUX DE TOI.

GLOUPS
...
TU...
AS TOUJOURS ÉTÉ COMME ÇA.
TU ÉTAIS PRÊT À TOUT PLAQUER DÈS LE JOUR OÙ ON S'EST RENCONTRÉS.
À DÉCIDER D'OFFICE QUE C'ÉTAIT VOUÉ À L'ÉCHEC.
MÊME SI TU CROIS AU DESTIN...
TU N'AS JAMAIS CRU EN MOI.
JE...

SERRE
SI JE POUVAIS, JE VOUDRAIS Y CROIRE...
MAIS SI J'Y CROIS...
LE FIL SE LIE AILLEURS ET ON M'OUBLIE COMME SI DE RIEN N'ÉTAIT !
ÇA A TOUJOURS ÉTÉ COMME ÇA !
SI ÇA DOIT SE REPRO-DUIRE...
JE PRÉFÈRE ENCORE Y COUPER COURT !
AU MOINS, DANS MES SOUVENIRS...

QU...
H...
LÂCHE-M...
JE SUIS DÉSOLÉ.
J'AI ÉTÉ BLESSANT...
PARCE QUE J'ÉTAIS EN COLÈRE...
ET JALOUX DU DESTIN.
TU M'AIMERAS ENCORE... !
.....
QU'EST-CE QUE TU RACONTES...
KAORU.

SI...
LE FIL SE NOUE...
TU AS LE POUVOIR DE LE COUPER, N'EST-CE PAS ?
JE PEUX PAS...
SI C'EST SEULEMENT MON DÉSIR À MOI.
SI LA PERSONNE À QUI JE COUPE LE FIL NE LE SOUHAITE PAS ASSEZ FORT, IL RÉAPPARAÎTRA.
ELLE SERA TOUJOURS PLUS HEUREUSE AVEC SON ÂME SŒUR.
ET QUOI QU'IL ARRIVE...
MOI, JE NE SUIS PAS CONVAINCU.
!
COMMENT ÇA... ?
PARCE QUE LE BONHEUR N'A RIEN À VOIR AVEC L'AMOUR.

C'EST UNE IDÉE QUI T'OBSÈDE, MAIS...
LE FAIT D'ÊTRE LIÉ À SON ÂME SŒUR NE GARANTIT AUCUNEMENT UN AVENIR HEUREUX.
TU...
T'AS PAS TORT...
SI, PAR HASARD...
MON FIL ROUGE DEVAIT SE CONNECTER À QUELQU'UN...
JE VEUX QUE TU LE COUPES. AUTANT DE FOIS QU'IL LE FAUDRA.
MAIS...

NIQUE LE DESTIN.
... PFFT !
HAHA !
T'AS DIT...
« NIQUE »...
ÇA TE COR-RESPOND TELLEMENT PAS... !

Dis, Hara...
comment tu peux être...
toujours si franc...
si sûr de toi... ?
Moi, je...
je ne peux plus supporter toute cette douleur...

Pourtant...
JE SUIS...
DÉSOLÉ D'AVOIR DISPARU...
SANS PRÉVENIR.
SERRE
ET JE SUIS DÉSOLÉ...
DE NE PAS AVOIR ÉTÉ CAPABLE...
DE CROIRE EN TOI.

PARDON...
NON.
JE NE TE PARDONNE PAS.
QUOI...
C'ÉTAIT HORRIBLE, TU SAIS ?
GRR
JE PENSAIS QUE NOS SENTIMENTS ÉTAIENT PARTAGÉS ET TU DISPARAIS SANS LAISSER DE TRACES...
COMMENT TU VEUX QUE J'OUBLIE SI FACILEMENT ?
TU TE RENDS COMPTE QUE J'AI PASSÉ LES PIRES SIX MOIS DE MA VIE ?
GRR
GRR
P... PARDON...
ALORS...

TU VAS AVOIR BESOIN DE TOUTE TA VIE, POUR RATTRAPER ÇA.
.....
PFF
D'ACCORD.
JE ME RATTRAPERAI !
Même si ça n'a rien à voir avec le destin...
je suis sûr que j'ai trouvé l'amour de ma vie.
Fin

Ce qu'il s'est passé ensuite
KAORU…
STOP !!
BUH
MH !!
HMPH !
……
M…
Regard qui dit « On peut s'embrasser, quand même, non ? »
MAIS ON N'EST PAS CHEZ NOUS !
BOUH
ET PUIS…
ÇA ME FAIT TROP BIZARRE DE T'EMBRASSER ALORS QUE JE SUIS DANS LE SALON DE MON FRÈRE !
SI ON COMMENCE…
JE VAIS…
AVOIR TROP ENVIE DE PLUS.

AVEC TOI, JE SUIS INCAPABLE DE ME CONTRÔLER...
RIEN QUE LE FAIT QUE TU ME TOUCHES...
ET MÊME TA PRÉSENCE, ÇA ME...
EXCITÉ
EXCITÉ
KAORU.
ON CHANGE D'ENDROIT ?
JE PRÉVIENS TON FRÈRE.
QUOI ?
J'AI ENVIE DE TE PRENDRE. TOUT DE SUITE.
BRR
AAH !

.....
C'EST N'IMPORTE QUOI...
かぁ
TOUT ROUGE
Comment il peut me faire autant d'effet d'un coup ?
HA...
HARA...
MON APPARTEMENT...
EST PLUS PRÈS...
ニコニコタクシー
VROO...
HAA...
J'AI TROP CHAUD...

J'en peux plus...
Ce baiser...
Nos langues s'entrelaçant...
Et ce qui va suivre...
FFF
BRR
HM !
TA BAGUE.
JE SUIS CONTENT QUE TU L'AIES GARDÉE.
FFF
SERRE
HA
ÇA M'A INQUIÉTÉ, TOUT LE TEMPS OÙ JE T'AI CHERCHÉ.
FFF
J'AVAIS PEUR QUE TU LAISSES CES SENTIMENTS DERRIÈRE TOI.

VOUS ÊTES ARRIVÉS.
CLAC
KAORU ?
DÉSO-LÉ...
JE PEUX PAS ME LEVER ...

PLAF
HM...
H...
HMPH...
SQUISH
AH !
HM...
AH !
AH... !
FRR
FRR
BRR
SLURP
BRR
ATT...

BRR
AT-TENDS...
NON...
TU VAS...
BRR
AH !
OO OH... !
HUUM
.....
HARA...
DOM
GNP
HAA
DÉSO-LÉ...
J'AI PERDU PATIENCE.
TU AS DU LUBRIFIANT ?
OH.
EUH...
DANS LE TIROIR À CÔTÉ DU LIT.
SWSH
GNNN...
H...
HMHA...

SQUISH
HM...
SQUISH SQUISH
HA...
AH !
SQUISH
AH...
FRR
HM.
SQUISH
HA...
RA...
ÇA SUFFIRA...
VIENS
...
H...

FFFF
HM...
H...
HA...
SERRE
OOH...
BRR
AH !
AH...
BRR
HAAA...
KAORU...
TU N'AS PAS MAL... ?
N... NON...
JE VAIS BOUGER.

SLLL
BRR
BRR
PLSH
SLAP
OOOH !
BRRR
CRII
AH !
AH...
CRII
AH
CRII
CRII
OH !
AH !
CRII
HARA...
CRII
PLUS LOIN...
PLUS...
CRII

CRII
AH !
CRII
AH !
AH
CRII
HM...
CRII
OH !
CRII
AH !
CRII
AH !
JE...
JE...
VAIS...
CRII
HAA
KAORU...
CRII
HARA...
AH...
CRII
HA
HAA
CRII
HARA...
HM...

HAA
HAA
HA...
SMACK
HM...
JE T'AIME, KAORU.
JE T'AIMERAI TOUJOURS.

HMPH
KAORU ?
H...
DÉSOLÉ...
JE...
JE PENSAIS PAS QU'UN JOUR DANS MA VIE...
JE ME SENTIRAIS AUSSI COMBLÉ.

KAORU.
SMACK
IL Y AURA PLEIN D'AUTRES MOMENTS COMME CELUI-LÀ.

ON VA POUVOIR LES VIVRE ENSEMBLE.
Fin